MW01600129

© Susaeta Ediciones, S.A.
Campezo, s/n - 28022 Madrid
Tel.: 913 009 100 - Fax: 913 009 118
Impreso en España

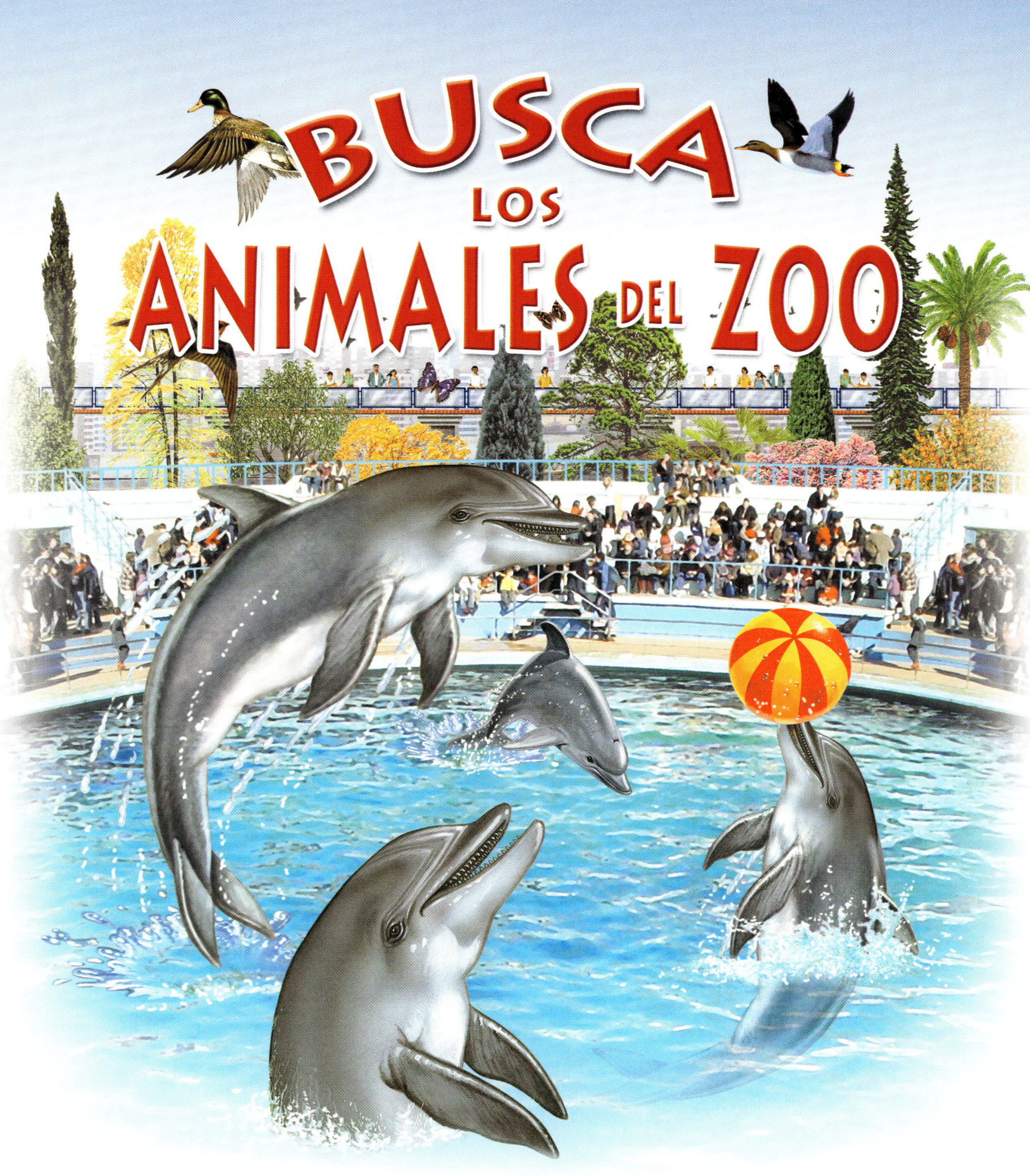

BUSCA
LOS
ANIMALES DEL ZOO

Diseño e Ilustraciones:
Francisco Arredondo

Ambientes y textos:
Pere Rovira

susaeta

UN DÍA EN EL ZOO

Hoy es un día estupendo. Vamos a conocer a los animales más hermosos, fuertes, curiosos, grandes, chicos, fieros... Acompáñanos en esta divertida visita.

(Y de encontrar cuatro dinosaurios, que se nos han escapado de otro libro de esta misma colección).

¿Reconoces **los canguros**? ¡Pues **encuentra 10** en estas páginas!

El oso hormiguero viene de Sudamérica. **Encuentra 5.**

Encuentra 10 pandas, crías incluidas.

El tejón es un cazador nocturno. **¿Ves 12?**

El ornitorrinco es un mamífero con pico. **Busca 5.**

El somormujo lleva sus crías en el plumaje. **¿Ves 5?**

El gorila es pacífico, pero realmente impresiona. **Busca 7.** Cuidado con las crías.

El **tapir** se lanza a la carrera en plena selva. ¡No es fácil seguirle! **Busca 6.**

El **avestruz** es la mayor de las aves vivientes. **Encuentra 5.**

En este dibujo hay muchas aves voladoras, pero sólo **11 flamencos rosados** ¿Los ves?

EL AVIARIO

Es lo bastante grande para que las aves puedan volar cortas distancias, sin que escapen al aire libre. Algunos inquilinos tienen picos tremendos, y es mejor que no anden sueltos por ahí.

Una de las aves ha puesto dos huevos. ¡Búscalos!

Las **águilas** se distinguen por sus patas con plumas. ¡Parece que lleven pantalones! **Encuentra 11.**

Los periquitos son aves en principio tropicales, pero se adaptan muy bien a nuestro clima.

Búhos y lechuzas son los grandes cazadores alados nocturnos. **Busca 13.**

Los canguros son quizá los animales más representativos de Australia.
Prueba a ver 11.

Los buitres y el cóndor son aves carroñeras: se alimentan de animales muertos.
Busca 7.

LOS LEONES

Comparten el foso con tigres y leopardos en nuestro zoo. ¡Algo muy poco usual! Todos cruzamos los dedos para que funcione. ¿Será suficiente la valla para evitar que huyan?

En este dibujo hay tres animales rarísimos. ¡El dibujante se los debe haber inventado! ¿Los ves?

El pijama a rayas hace inconfundible **al tigre,** el mayor de todos los felinos. **Encuentra 10.**

Pájaros pequeños hay por todas partes… y en nuestro zoo también. **¿Ves 13?**

Los leones son los grandes cazadores de las estepas de África. **Prueba a ver 18.**

El tejón excava madrigueras en el suelo de los bosques de Europa. ¡Pero aquí le resulta difícil! **Busca 15.**

El **leopardo** es más pequeño que el león o el tigre, pero mucho más rápido y ágil. **Busca 11 leopardos.**

El extraño pico del **flamenco** es ideal para hurgar en el lecho de ríos y lagunas, en busca de comida. **Hay 13. ¿Los ves?**

GRAN ACUARIO

¡Menuda piscina se han montado aquí! Parece un arrecife de coral en miniatura, con su gran colección de animales de colores. Hasta nos daríamos un chapuzón, si no fuera porque hay tiburones.

Busca dos intrusos: dos bichos que de marinos no tienen nada. Y una pelota de tenis que se le cayó a uno de los cuidadores.

La forma del **pez aguja** es ideal para nadar a gran velocidad. **¿Ves 6?**

Los tiburones son los grandes cazadores del mar: hay muchas especies distintas. **Encuentra 6.**

Muchos **peces de colores** tienen una forma ancha, para poder maniobrar por entre los corales.
Busca 14 peces de colores.

12

Las **tortugas marinas** son torpes en tierra, pero nadan de maravilla. **¿Puedes ver 8?**

En muchas películas **los pulpos** parecen monstruos terroríficos; pero la verdad es que son inofensivos para el hombre. **Busca 6.**

LOS ELEFANTES

Recorren largas distancias en las estepas de África, de donde proceden. En nuestro zoo no hay tanto espacio, pero hemos procurado que estén cómodos.

Busca tres objetos perdidos por los paseantes: ¡una gorra, un zapato, y un reloj!

El enorme pico es la principal característica del **cálao**. **¿Puedes ver 4?**

Entre adultos y crías, **hay 13 elefantes africanos. ¡Búscalos!**

El okapi es un pariente próximo de la jirafa, aunque con el cuello mucho más corto. **Encuentra 5.**

Con toda su familia, **el suricato** se pone en pie para otear el horizonte. **Busca 10.**

14

Estos **patos** no son muy exóticos, pero en nuestro parque abundan. ¡Nada menos que 18!

El **casuario** es un ave no voladora de Nueva Guinea. **Busca 5 ejemplares adultos.**

LAS FOCAS

Se lo pasan en grande en esta instalación que les hemos construido. Tienen hasta un trampolín para saltar. Claro que deben compartirlo con otros inquilinos, buenos nadadores también.

¡Los que más bien sobran, son cuatro bichos que deberían estar fósiles! Prueba a verlos.

Ya conoces **las gaviotas**, ¿no? Los pájaros del antifaz negro son charranes. **Busca 7 gaviotas y 7 charranes.**

Nuestras **focas** toman el sol entre baño y baño. **Encuentra 10.**

Este pato tan hermoso se llama **eider.** De sus plumas se hacen los edredones. **Busca 5.**

El elefante marino puede pesar hata 3.000 kg, por su enorme masa de grasa. **Por su tamaño, será fácil encontrar 7.**

16

Los largos colmillos de **las morsas** son un arma tremenda. **¿Ves 8 morsas?**

A este animal se le llama **león marino** por la pelambrera de su cuello. **¿Puedes ver 9?**

ZONA POLAR

¡Ésta sí es una instalación costosa! Mantener todo este hielo y agua fría con el calor que hace es difícil. Pero si se consigue, se crea un buen hábitat para estos habitantes de los polos.

Hay otras clases de **pingüinos**, más pequeños que el real pero tan buenos nadadores como él. **Busca 16, con sus crías.**

¡Los tres intrusos se deben pelar de frío, porque son de países mucho más cálidos!

El mayor de los pingüinos, **el pingüino real**, es inconfundible con su cuello dorado. **Busca 20, adultos y crías.**

El extraño pico del **frailecillo** es ideal para pescar. **Encuentra 9.**

El **oso pardo** llega muy al norte, pero es más bien animal de bosques algo más templados. **Busca 8.**

18

El zorro ártico se camufla muy bien en la nieve, gracias a su pelaje blanco. **Busca 8, crías incluidas.**

El oso polar es el mayor cazador terrestre que existe. **Entre adultos y pequeños hay 14. ¿Los ves?**

AVES VISTOSAS

¡Ésta sí es una página a todo color, y nunca mejor dicho! Esta es la zona del parque con los más bellos, los más vistosos y algunos de los mejor coloreados de todos los animales vivientes. Alguno hasta se pavonea demasiado... pero, claro: ¡es un pavo!

Hay que buscar por ahí un balón perdido... ¡y una jirafa! Uno de los dos es muy difícil de ver.

Hay muchas especies de **aves del paraíso:** todas provienen de Oceanía. ¡Los primeros exploradores que las vieron no podían creer que pudieran existir pájaros tan hermosos!
Busca 17.

El macho del **pavo real** muestra su cola para atraer a las hembras.
Encuentra 8.

Los cisnes no son muy exóticos, pero bellos y elegantes desde luego que sí. **¿Ves 16?**

El colibrí es el pájaro más pequeño, y el que bate las alas más rápidamente: ¡parece una mosca zumbona! **Encuentra 10.**

LOS MONOS

Nada tan difícil como diseñar un recinto para monos. Con lo listos y ágiles que son, se escaparían en seguida, a menos que todo haya sido pensado hasta el último detalle.

Todos los monos comen fruta: ¿puedes ver hasta 6 tipos diferentes de frutas?

Mensaje para los cuidadores: alguien perdió unas gafas de sol por ahí. ¿Pueden encontrarlas?

Los machos adultos, las hembras y las crías de **orangután** son bastante distintos.
¿Puedes ver 5?

¡Hasta aquí se meten los **loros y guacamayos!** Entre tanto árbol y tanta fruta, campan a sus anchas.
Encuentra 8.

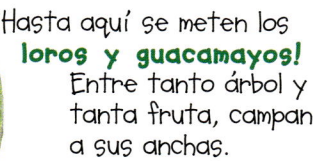

El **chimpancé** es el animal más inteligente, después del hombre, y su pariente más cercano. **Prueba a ver 13.**

Los titís son los monos más pequeños del mundo. Algunos miden tan solo 14 cm.
Busca 10.

Los largos brazos del **gibón** son ideales para saltar de un árbol a otro, balanceándose. **Busca 6.**

Su gran narizota le da al **mono narigudo** su nombre. **Encuentra 7.**

23

LAS JIRAFAS

Son los principales inquilinos de esta gran instalación. Buena idea la del puente, ¿eh? Nuestros visitantes tienen una magnífica visión panorámica, y los animales campan y pastan a sus anchas.

Se han colado 5 objetos voladores en nuestro dibujo. ¿Puedes verlos?

No es fácil tener controladas a **las ardillas.** Se meten por todas partes, saltan las verjas... algo tremendo. **Busca 8.**

Hay 14 garzas de varios tipos en este sector del parque. **¡Búscalas!**

No es fácil esconder **jirafas,** con lo grandes que son. **Prueba a ver 17, de todas formas.**

Sin enemigos a la vista, nuestras **gacelas** viven muy, muy tranquilas. **Encuentra 16.**

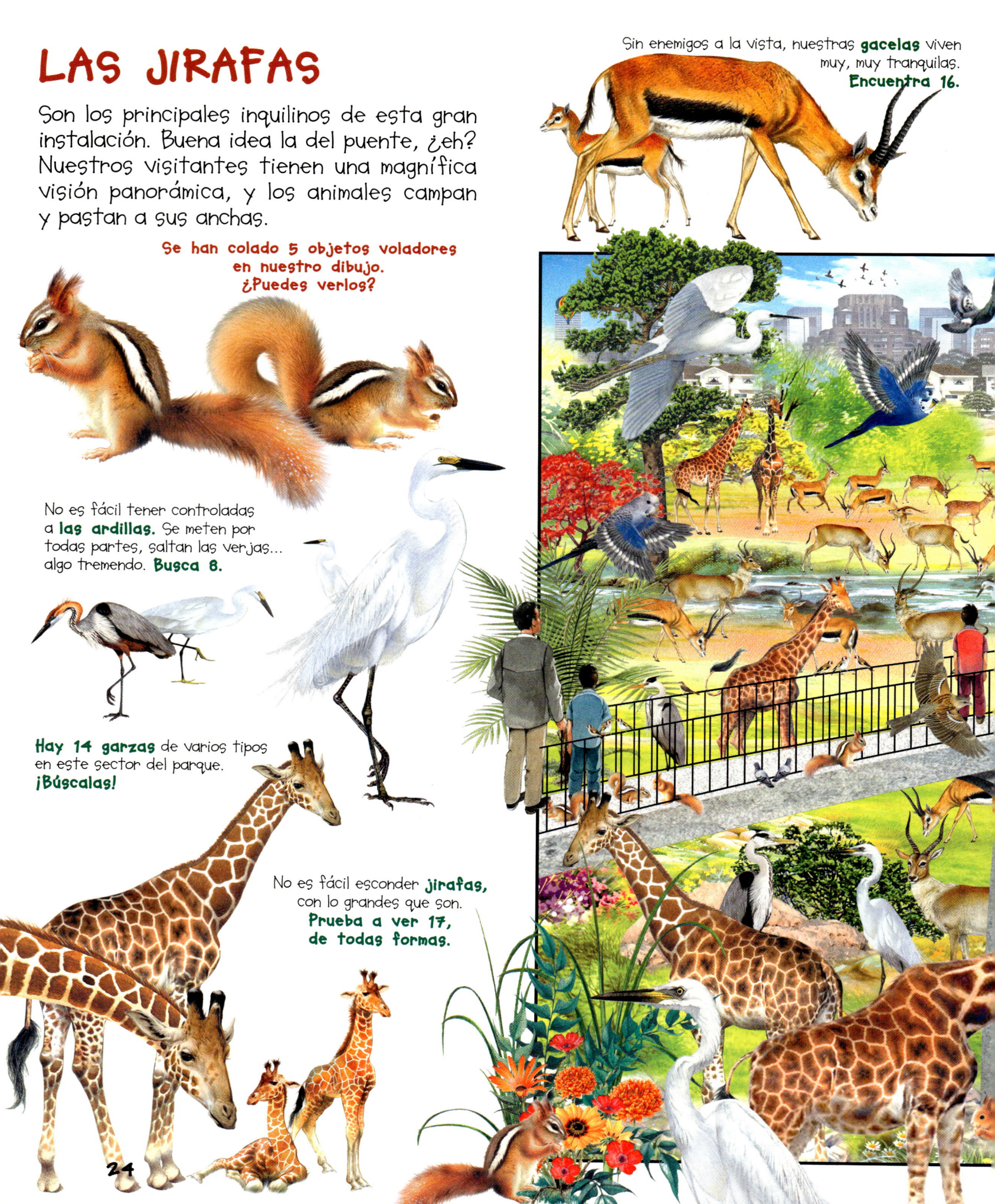

24

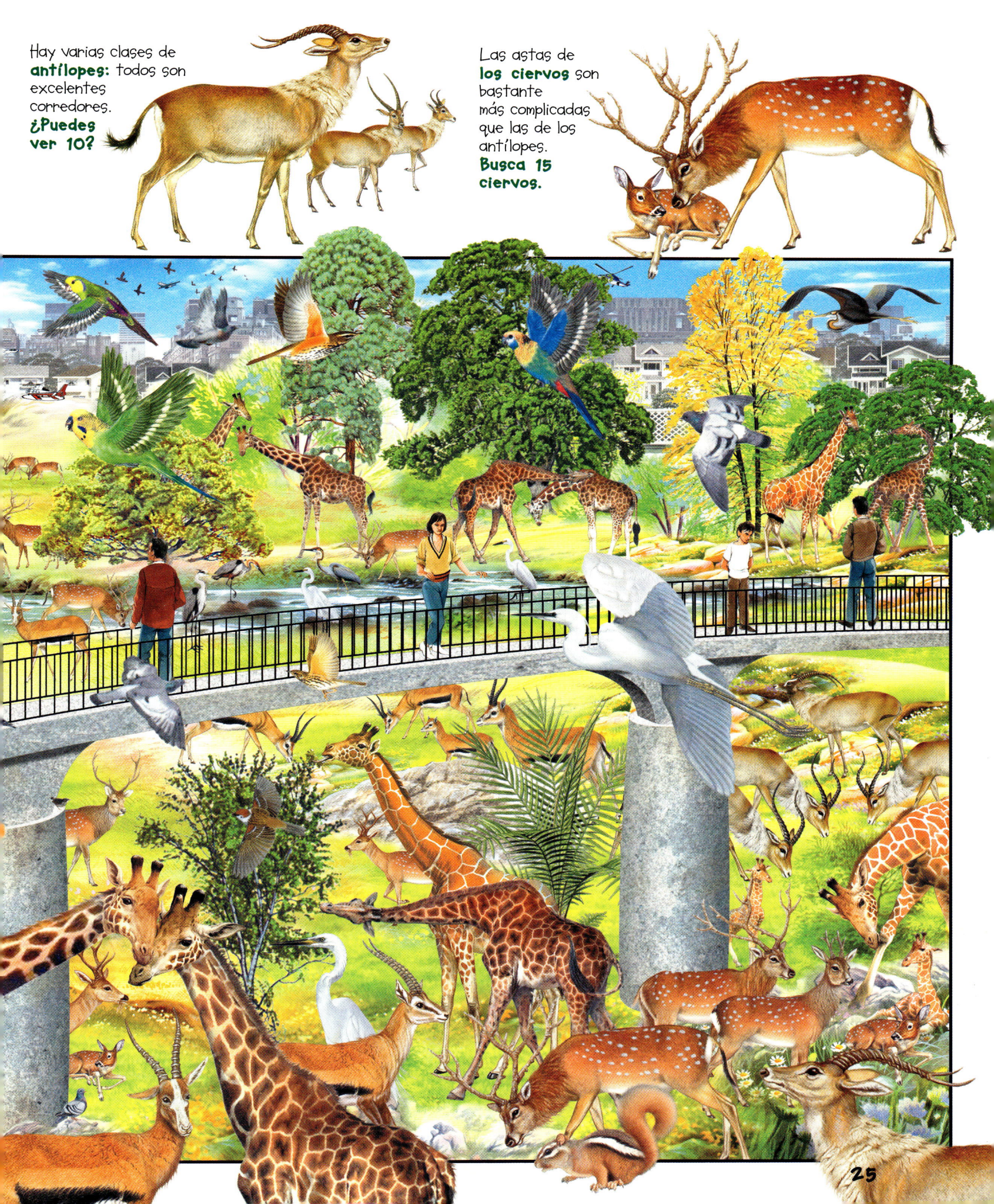

Hay varias clases de **antílopes**: todos son excelentes corredores. **¿Puedes ver 10?**

Las astas de **los ciervos** son bastante más complicadas que las de los antílopes. **Busca 15 ciervos.**

25

EL TERRARIO

Es el hogar para anfibios y reptiles. Suele estar caliente, porque muchos de los reptiles más espectaculares son de países tropicales y no soportan nada el frío. No es una instalación complicada, pero las serpientes... ¡mejor que estén bien encerradas en sus vitrinas!

El color cambiante de la piel es el mejor camuflaje del **camaleón. Encuentra 9.**

Las tortugas gigantes pueden vivir más de cien años. **Busca 10.**

Cuatro intrusos se han colado: no son anfibios ni reptiles, y por tanto no deberían estar ahí.

Las serpientes de nuestro terrario parecen competir, a ver cuál se hace el nudo más liado. **¿Puedes ver 13?**

Por supuesto, **los cocodrilos** son los amos y señores del terrario. **Busca 19, uno de ellos recién nacido.**

Entre tanto gigante, será difícil encontrar tanta variedad de **ranas y sapos... ¡busca 13!**

A pesar de su aspecto terrorífico, **la iguana** es inofensiva para el hombre. **Prueba a ver 5.**

EL LAGO ARTIFICIAL

Es un lugar ideal para los animales que en su ambiente natural viven cerca del agua… ¡o dentro de ella! En este recinto hemos reunido una colección variopinta. Esperemos que no haya muchas peleas.

Tres animales venidos de los polos están bastante fuera de lugar. ¿Puedes verlos?

El rinoceronte es, después del elefante, el animal terrestre más grande que existe. **Busca 13.**

¿Sabías que **las cebras** nunca han podido ser domesticadas? **Encuentra 12.**

Hay dos tipos de **camellos**: el que tiene dos jibas se llama **camello bactriano**; el que tiene sólo una se llama **dromedario**. **Busca 9 camellos.**

Prueba a ver 15 aves corredoras: avestruces, ñandús, casuarios… ¡todos son demasiado grandes y pesados para volar!

28

Hipopótamo significa "caballo de río" aunque la verdad es que unos y otros se parecen bien poco. **Busca 11 hipopótamos.**

Los jabalís remueven el suelo de los bosques en busca de frutos y raíces. En nuestro zoo tenemos varias especies distintas.

Prueba a ver 11 adultos y 5 crías.

29